ResumenExpress.com

La chica y la noche

de Guillaume Musso

GUÍA DE LECTURA

Escrita por Kelly Carrein
Traducida por Juan Lopez

La chica y la noche

de Guillaume Musso

Entiende fácilmente la literatura con

ResumenExpress.com

www.ResumenExpress.com

GUILLAUME MUSSO

ESCRITOR FRANCÉS

- **Nació en 1974 en Antibes (Francia).**
- **Algunas de sus obras:**
  - *Y entonces...* (2004), novela.
  - *La llamada del ángel* (2011), novela.
  - *Central Park* (2014), novela.

Fue a los treinta años, en 2001, cuando el francés Guillaume Musso publicó su primera novela. Sin embargo, no conoció el verdadero éxito hasta tres años más tarde, con *Et après...* que fue adaptada al cine en 2008. Desde 2004, Musso publica novelas a un ritmo de una al año. Los lectores franceses responden a cada publicación. En 2017, vendió más de un millón y medio de ejemplares de sus libros, lo que le convirtió en el autor más leído en Francia por séptimo año consecutivo.

Galardonado con el Chevalier de l'Ordre des Arts et des Lettres en 2012, le fascina Estados Unidos, escenario de la mayoría de sus novelas. Sus novelas son más conocidas por combinar una historia de amor con una investigación trepidante. Desde 2011 y *L'Appel de l'ange*, su escritura se ha inclinado más hacia el thriller, lo que le ha valido el apodo de "el rey del suspense" por parte del periodista y escritor francés Bernard Thomasson.

LA CHICA Y LA NOCHE

UN THRILLER SOBRECOGEDOR

- **Género**: novela negra

- **Edición de referencia**: *La Jeune Fille et la nuit*, París, Calmann Levy, 2018, 424 p.

- **1ª edición**: 2018

- **Temas**: amistad, amor, familia, asesinato, venganza, mentira

Para Thomas Degalais, la ceremonia del 50 aniversario de su antiguo instituto se convierte en una pesadilla. Veinticinco años antes, con la ayuda de su amigo Maxime, enterró un cadáver en la pared del gimnasio. Este mismo gimnasio está a punto de ser demolido, y su secreto podría revelarse en cualquier momento…

Con *La Jeune Fille et la nuit*, Musso se ha afianzado verdaderamente en el género de la novela negra. Hasta la última página, se multiplican los dramas y los giros argumentales hábilmente construidos, que mantienen al lector en vilo. Prueba de ello es el éxito popular que tuvo la novela en el verano de 2018: se vendieron más de 500.000 ejemplares en Francia entre abril y agosto de 2018.

Este cambio de dirección literaria corresponde a un deseo del autor de "salir de su zona de confort". Es también su primera novela para Calmann-Lévy, tras abandonar su editorial XO Éditions.

RESUMEN

UN TERRIBLE SECRETO

Primavera de 2017. Thomas Degalais regresa a su ciudad natal, en el sur de Francia, para asistir a la ceremonia del 50 aniversario de su instituto. En esta ocasión, el gimnasio será demolido y sustituido por un nuevo edificio, financiado por misteriosos inversores. A Thomas le preocupa que el gimnasio esconda un secreto que ocultó hace 25 años...

Thomas está sentado en un café cuando un desconocido le empuja, salpicándole los pantalones. Cuando vuelve del baño, el periódico que estaba leyendo tiene tachada la palabra "venganza" y junto a ella unas gafas de sol idénticas a las de Vinca, la chica de la que se enamoró de adolescente y que desapareció 25 años antes. Nadie sabe lo que le ocurrió, pero muchos creen que huyó con su profesor de filosofía, con el que se rumoreaba que tenía una aventura.

Al día siguiente, se organiza un cóctel para los antiguos alumnos. Preocupado por que se descubra su secreto, Thomas acude a la fiesta y se reúne con algunos de sus compañeros de clase: Fanny, su antigua novia y aficionada a la fotografía; Maxime, que vivía a su lado; y Stéphane Pianelli, periodista de Nice-Matin. Éste le cuenta que un mes antes, a raíz de unas inundaciones en el sótano de la escuela, se hizo un descubrimiento sorprendente: una vieja taquilla, guardada durante veinte años, contenía 100.000 francos escondidos en una bolsa de cuero donde se encontraron las huellas de Vinca. Para Stéphane, este descubrimiento prueba que Vinca no huyó (de lo contrario se habría llevado el dinero), sino que fue asesinada por su amante.

Thomas le enseña a Maxime el periódico y las gafas. Su amigo confiesa que también ha recibido amenazas. Los dos hombres comparten un terrible secreto: en diciembre de 1992, cuando eran estudiantes de instituto, mataron a un hombre y enterraron su cuerpo en la pared del gimnasio en construcción.

Un flashback revela las circunstancias del asesinato. En 1992, Thomas, que se había quedado en el internado para repasar, descubre unas cartas incendiarias en un libro perteneciente a Vinca. Los firma "Alexis", el nombre de la atractiva profesora de filosofía de 27 años. Las cartas confirman el rumor y lo vuelven loco de dolor. Su amiga le llama entonces y pide verle, ya que no se encuentra bien; "maldiciendo [su] debilidad, [su] falta de amor propio" (p. 92), Thomas se dirige a la habitación de la chica. Vinca, muy débil y febril, está tumbada en la cama. Confiesa que está embarazada y que Alexis la ha obligado a mantener relaciones sexuales.

Cegado por la rabia, Thomas confía Vinca a su amiga Fanny antes de ir a los pisos del profesor, armado con una barra de hierro. "Atrapado en una espiral" (p. 99), el joven ataca a Alexis. Tras un momento de vacilación por parte de su agresor, el profesor intenta defenderse.

Entonces llega Maxime, armado con un cuchillo, y asesta el golpe mortal. Los dos jóvenes se sorprenden y no saben qué hacer. Maxime decide entonces avisar a su padre, Francis, obrero de la construcción, que estaba presente en la escuela, en las obras del nuevo gimnasio, con su colega Ahmed. Para proteger a su hijo y a su amigo, Francis decide enterrar el cadáver en el muro del gimnasio en construcción.

REVELACIONES INQUIETANTES

Con el gimnasio a punto de ser demolido, su secreto será descubierto. Aunque Francis y Ahmed ya están muertos (por un robo que salió mal y una larga enfermedad, respectivamente), Maxime y Thomas corren peligro. Para proteger a Maxime y su vida familiar, Thomas está dispuesto a asumir toda la responsabilidad del crimen. Ambos están convencidos de que alguien más sabe lo que ocurrió aquel fatídico día de diciembre de 1992, pero no saben quién es.

Al día siguiente del asesinato, Thomas ya había querido denunciarse a sí mismo, pero había cambiado de opinión para proteger a sus cómplices. En el colegio, todo el mundo parecía creer que Alexis se había fugado con Vinca, incluida la policía. De hecho, los testimonios coinciden: una joven pelirroja, que coincide con la descripción de Vinca, fue vista en un tren con destinqueo a París y después en un hotel con un hombre parecido a Alexis. Este romance desbocado se convirtió entonces en la versión oficial. Pero Thomas, que por supuesto conoce la verdad, cree que Vinca se ha escapado con otra persona. Desgarrado por la culpa, quiere saber si la desaparición de Vinca al día siguiente del asesinato de Alexis está relacionada con él y si él es el responsable.

El primer paso de su investigación le lleva a la biblioteca del instituto, donde busca La *chica y la muerte*, un libro escrito quince años antes por Stéphane Piannelli, que ya había investigado la desaparición sin hacer descubrimientos significativos. Convencido de que Stéphane puede ayudarle, Thomas se ofrece a trabajar con él para resolver la desaparición de Vinca.

De vuelta a su coche, Thomas descubre un sobre anónimo en el parabrisas. Contiene fotografías de su padre, Richard Degalais, antiguo director de la escuela, besando a Vinca. Conociendo la pasión de Fanny por la fotografía, Thomas intuye que su antigua amiga es la autora de las imágenes. La joven confiesa que las tomó para desacreditar a Vinca a los ojos de Thomas, porque estaba enamorada de él. Además, informa a su amigo de que también ha recibido cartas amenazadoras, ya que sabe de la presencia de un cadáver en la pared del gimnasio, al haberle confesado Ahmed el crimen poco antes de su muerte. Thomas se enfrenta entonces a su padre, ya que cree que está implicado en la desaparición de Vinca. Pero Richard lo niega: sólo confiesa que le dio el dinero a la chica porque le estaba chantajeando.

Thomas regresa entonces a la escuela y encuentra el libro que descubrió veinticinco años antes, que contenía las cartas de amor de Alexis a Vinca. Se da cuenta de que la letra no es la misma que la de sus trabajos del curso de filosofía, anotados por Alexis. Se da cuenta de que el amante de Vinca se llamaba Alexis, pero no era el profesor de filosofía, y que por tanto había matado a un inocente.

ASESINATOS EN SERIE

Buscando en los archivos de la escuela, Thomas también descubrió una foto de Fanny (con peluca roja) con Vinca durante una obra de teatro. El parecido entre las dos chicas es asombroso. Thomas intenta ver a Fanny, pero primero se topa con su novio, que le informa de que Fanny siempre ha estado enamorada de él. Thomas se enfrenta a su antigua amiga, que le cuenta que en realidad hay dos cadáveres enterrados: el segundo es el de Vinca, a quien ella misma había matado veinticinco años antes.

Cuando Thomas había dejado da la febril Vinca en manos de Fanny, ésta, llevada por los celos, le había preparado una taza de té con unas pastillas de Rohypnol. Unas horas más tarde, de vuelta en la habitación de Vinca, Fanny descubre que la joven ha consumido el té y ya no respira. En estado de shock, se desmaya y se despierta en el despacho de la directora del colegio, Annabelle Degalais, la madre de Thomas. Le dicen que tiene dos opciones: confesar el asesinato y arruinar su vida o aceptar su ayuda para ocultar el cadáver. Ella acepta y Francis entierra el cuerpo de Vinca junto al de Alexis. Annabelle se pone la gorra de Alexis y parte hacia París en tren con Fanny, que lleva una peluca roja: son ellos a quienes los testigos han confundido con Alexis y Vinca, confirmando la tesis de que han huido enamorados.

Pero las pocas pastillas que Fanny echó en el té no eran una dosis letal. La verdad es descubierta por Maxime, que se entera de que Vinca (tras la marcha de Fanny) había intentado chantajear a Annabelle afirmando estar embarazada de Richard. Furiosa, al no imaginar su vida familiar destruida por la joven, Annabelle había cogido entonces la réplica de una estatua y la había estrellado contra el cráneo de Vinca, que murió en el acto. Francis, el amante de Annabelle, llevó entonces el cadáver a la habitación de la chica, donde fue descubierto por Fanny. Fanny cree que ha matado a Vinca, así que los amantes aprovechan la oportunidad y le hacen creer que es realmente culpable antes de enterrar el cadáver.

Sin embargo, durante la ceremonia del instituto, Maxime es empujado por un desconocido y cae ocho metros. Mientras su amigo está en el hospital entre la vida y la muerte, Thomas va a la antigua casa de Francis, donde descubre su aventura con Annabelle y se entera de que es su verdadero padre. Entonces recibe una llamada de la policía: su madre acaba de ser encontrada muerta en Cap d'Antibes, asesinada con la culata de un rifle, y su padre se acusa del asesinato.

UN TRÁGICO EPÍLOGO

Al día siguiente, Thomas se encuentra con Corentin, el aprendiz de Stéphane que ha estado investigando la financiación del gimnasio: se entera de que era la fundación Hutchinson & DeVille la que estaba detrás. Thomas comprende entonces que Vinca amaba a las mujeres y que su amante era el profesor de literatura inglesa Alexis DeVille. Busca vengar el asesinato de Vinca matando a los implicados.

Thomas regresa a Cap d'Antibes y se enfrenta a Alexis. Confiesa que se enteró del doble asesinato por Ahmed, a quien sobornó con dinero. Amaba a Vinca con locura y la empujó a acostarse con Richard para tener un hijo con ella. Thomas la acusa entonces de haber pervertido a la adolescente, sobre todo haciéndola adicta a las drogas. Alexis ordena a su perro que ataque a Thomas, pero suenan disparos: Richard acaba de disparar al perro y a Alexis, y ha salvado la vida de su hijo.

Después, Stéphane decide sacar a la luz la verdad, aunque eso signifique enviar a sus antiguos amigos a la cárcel. Durante su investigación posterior, descubre un artículo de 1997 en el que se mencionan actos vandálicos en el gimnasio: fue un encubrimiento, orquestado por Annabelle y Francis, que les permitió evacuar los cadáveres.

La desaparición de los cadáveres veinte años antes le salva de la cárcel, por lo que Thomas decide escribir una novela basada en los hechos, pero en la que Vinca sobrevive por los pelos y desaparece para empezar una nueva vida en otro lugar. "En algún lugar, pues, vivía Vinca" (p. 423).

ESTUDIO DE CARACTERES

THOMAS DEGALAIS

El narrador principal de la novela, Thomas Degalais, es escritor desde el año 2000. Vive en Estados Unidos desde 2000, pero regresa a Francia con motivo de su 50 aniversario de instituto, a pesar de su aversión a este tipo de reuniones. De hecho, siempre ha sido un gran solitario, sin verdaderos vínculos sociales ("No tenías amigos, Thomas. Tus únicos amigos eran los libros", p. 183). Era muy ansioso por naturaleza, y los libros le aportaban verdadera paz. De adolescente, tenía un "aspecto elegante, preppy y pulcro, con su bonita chaqueta de franela y su camisa azul cielo" (p. 55), que mantuvo en la edad adulta. Se formó como científico, cosa que le disgustaba, para complacer a sus padres, de los que ahora se había distanciado considerablemente, hasta el punto de que su madre le había ocultado que había sufrido un infarto unos meses antes. En aquella época, consideraba a Maxime como su hermano y a Francisco como su padre, ya que estaba más cerca de ellos que de Ricardo: por eso no le sorprendió descubrir que Francisco era su padre biológico y el amante de su madre.

A lo largo de la novela, Thomas muestra una gran determinación y valentía, especialmente cuando se enfrenta a Alexis por sus asesinatos. Esta valentía, sorprendente en una personalidad naturalmente angustiada, se inspira en el amor que sentía – y sigue sintiendo veinticinco años después – por Vinca. De hecho, nunca había sentido algo así por una mujer desde su adolescencia.

VINCA ROCKWELL

Vinca es una chica compleja, a la que el lector sólo llega a conocer a través de los recuerdos de los protagonistas. Era "la chica de la que todos los chicos estaban enamorados" (p. 32), "atípica, culta, vivaz y chispeante, pelirroja, de ojos de pececillo y rasgos finos" (pp. 83-84). Pertenecía a la burguesía estadounidense, era hija de una actriz francesa y de un piloto de Fórmula Uno estadounidense, pero quedó huérfana en 1989. Para Thomas, ella era "la raza de los señores" (p. 159), es decir, "gente que siempre tenía los papeles principales en la vida y, cuando estabas con ellos, te relegaban directamente a la condición de extra" (p. 159). Esta personalidad magnética ha fascinado a la gente mucho después de su muerte: no solo la chica levantó pasiones cuando sus antiguos compañeros pensaron que se fugaba con su profesor, sino que en 2017 las alumnas del instituto siguen venerándola, creando un musical inspirado en sus últimos días y organizando veladas de comunicación en su antigua habitación del internado. Pero Vinca tenía un lado más oscuro. Un día estaba "resplandeciente" y al siguiente parecía "deprimida o fuera de sí" (p. 233). Adicta a las drogas como consecuencia de la mala influencia de Alexis, también pretendía hacer fotografías muy sugerentes para chantajear al matrimonio Degalais.

MAXIME BIANCARDINI

Hijo de Francis, contratista de albañilería, a Maxime siempre le han interesado más los éxitos de taquilla que la literatura. Con un físico atractivo, "torso esculpido, pelo largo de surfista, pantalones cortos Rip Curl, Vans sin cordones" (p. 73), es amigo de Thomas desde la infancia, ya que son vecinos, pero los dos hombres se distancian cuando Thomas se traslada a Estados Unidos. Sin embargo, le es fiel y guarda su secreto durante veinticinco años.

Maxime es homosexual y padre de familia: tuvo dos hijas de una madre de alquiler con Olivier, su pareja. También aspira a un puesto de diputado bajo los colores del partido del presidente Emmanuel Macron, La République en marche.

STÉPHANE PIANELLI

Periodista en Nice-Matin, Stéphane es miembro del partido France Insoumise y está comprometido políticamente. "Con su pelo largo, su perilla de mosquetero y sus gafas redondas a lo John Lennon, este joven pasó toda su carrera escolar en la misma clase que Thomas. No se deja impresionar por nadie y está decidido a investigar, pero sobre todo a hacerse un nombre en el periodismo de investigación. Su ambición le lleva a querer escribir un libro que enviaría directamente a la cárcel a sus antiguos amigos Thomas, Maxime y Fanny: sin embargo, este plan fracasa cuando se da cuenta de que los cadáveres no han estado en el gimnasio desde hace veinte años.

FANNY BRAHIMI

Aficionada a la fotografía, la ex novia de Thomas estudió medicina y ahora trabaja como cardióloga. De adolescente, lucía un look *"grunge"* (p. 51), pero la "rubita de ojos claros y pelo corto" (p. 50) se ha suavizado como adulta.

Está enamorada de Thomas desde que era adolescente y nunca ha dejado de quererle. Este amor unilateral la ha conducido a acciones cuestionables: de adolescente, había "empezado a acostarse con cualquiera sin atarse a nadie" (p. 52) para curar su corazón roto; también atentó contra la vida de Vinca añadiendo drogas a su té; de adulta, se embarcó en una relación seria con Thierry sin sentir nada por él.

ANNABELLE DEGALAIS

Madre de Thomas y antigua directora del liceo Saint-Exupéry, Annabelle es ante todo una madre, dispuesta a todo para proteger el equilibrio de su vida familiar: por este motivo, esta mujer aparentemente sencilla y anodina mata a Vinca a sangre fría y convence a la joven Fanny de que ella es la responsable del asesinato. Para proteger a Thomas (a pesar de su tensa y distante relación) encuentra a Alexis DeVille, aunque tenga que pagar con su vida. La amante de toda la vida de Francis ha ocultado durante más de cuatro décadas que es el padre biológico de Thomas. Sin embargo, no puede evitar sentir una ternura casi maternal por el hijo de su amante, así como por los hijos de éste, actuando casi como una abuela en su presencia.

RICHARD DEGALAIS

Desde el principio, Richard es presentado como una persona antipática, capaz de acostarse con una adolescente simplemente porque ella intenta seducirle: "Esa putilla no dejaba de rondarme. Me excitó y me derrumbé" (pp. 192-193). Sin embargo, Richard también es leal a su familia y no duda en acudir al rescate de Thomas. A pesar de sus amoríos, se mantiene fiel a su esposa y enloquece de dolor cuando descubre su cadáver en Cap d'Antibes.

CLAVES DE LECTURA

EL GÉNERO DE LA NOVELA NEGRA

Características

Con *La Jeune fille et la nuit*, Guillaume Musso confirma su condición de autor de thrillers: se ha convertido en un "maestro del suspense" para Cassandre Dupuis, crítico literario del diario Le Figaro. No es tarea fácil: el thriller es un género literario en el que resulta difícil renovarse y distinguirse, ya que lleva décadas omnipresente en la literatura, pero también en el cine y en otros medios artísticos y culturales.

El thriller es un género artístico que se basa en el suspense y la tensión que van in crescendo para mantener al lector leyendo con ganas de saber más y descubrir el desenlace lo antes posible. Los thrillers dan muchas vueltas de tuerca, como en La chica y la noche sobre la desaparición de Vinca: primero se pensó que había huido con su profesor y amante, luego nos enteramos de que la chica fue asesinada por Fanny, para descubrir después que Annabelle era la verdadera culpable.

El género del thriller se divide en múltiples subgéneros, entre ellos la novela negra, que se caracteriza por seis elementos, todos ellos presentes en *La chica y la noche*:

- El crimen (la desaparición de Vinca)

- El motivo (el deseo de Annabelle de proteger a su familia del joven chantajista)

- La culpable (Annabelle) y la víctima (Vinca)

- El modus operandi (una estatua aplastada en el cráneo de la chica)

- La investigación (dirigida por Thomas durante la mayor parte de la novela).

Como en las novelas policíacas tradicionales, la investigación, aparentemente nebulosa al principio, se va aclarando con el paso de las páginas. Se induce al lector a hacer sus propias suposiciones y a creer pistas falsas (por ejemplo, que Fanny fue la responsable de la muerte de Vinca) antes de descubrir la verdad, que a menudo es sorprendente e impactante. Las vueltas y revueltas lo mantienen leyendo hasta que llega al fondo de la investigación. El periódico Le Soir se refirió a la novela como un "pasapáginas": esta expresión se utiliza a menudo para describir un libro con un suspense impresionante, en el que es difícil dejar de leer hasta el final.

La originalidad de Musso se expresa en la multiplicidad de crímenes: el crimen original, el asesinato de Alexis por Thomas y Maxime; el segundo crimen, la muerte de Vinca; los crímenes de Alexis, que eliminó a Francis y Annabelle e intentó matar a Maxime por venganza amorosa. Tradicionalmente, la novela policíaca se centra en un único misterio por resolver. Sin embargo, las diferentes tramas de La Jeune fille et la nuit encajan a la perfección: el asesinato de Vinca es el motivo de la venganza asesina de Alexis.

Un dechado de paraliteratura

Sin embargo, la novela negra se considera literatura popular, dirigida a un público diletante (frente a una élite literaria más selectiva), porque vende millones de libros cada año. Como tal, este género literario forma parte de la paraliteratura.

El teórico Marc Angenot define la *paraliteratura* como "un vasto dominio de producción impresa excluido del mundo de la cultura [...], una masa heterogénea de objetos [...] que no parecen tener en común más que su supuesta falta de valor estético" (Marc Angenot, *Qué es la paraliteratura*, en www.erudit.org). Como tal, la novela policíaca fue a menudo denostada por la crítica literaria, que no le encontraba especial interés estético y, por tanto, la consideraba indigna. Prueba de ello (al menos hasta hace poco) es la ausencia de amplios estudios literarios sobre el tema.

Sin embargo, la novela policíaca (y más ampliamente el género del thriller, cinematográfico o literario) se ha ganado sus cartas de nobleza a lo largo de las décadas, y es hoy un género imprescindible en las librerías, donde se le dedican estanterías enteras. Lo mismo ocurre en el cine y la televisión, donde las películas y series policíacas se multiplican y tienen cada vez más éxito.

UN ESTILO NARRATIVO PARTICULAR: LA DOBLE CRONOLOGÍA

Aunque la trama de La *chica* y *la noche* transcurre principalmente en mayo de 2017, hay capítulos enteros que relatan los sucesos de diciembre de 1992. En ambos casos, la atención se centra en Thomas, que sigue siendo el narrador en primera persona. Hay, sin embargo, cuatro notables excepciones a través de inserciones al final de algunos capítulos, que revelan elementos clave de la trama: dos subcapítulos son narrados directamente por Annabelle (que relata el asesinato de Vinca, así como las amenazas de Alexis DeVille), Fanny (que relata su "asesinato" de Vinca) y Richard (que describe el momento en que recibe una carta de Annabelle tras su desaparición, lo que le impulsa a proteger a Thomas y – en última instancia – a salvarlo de las garras de Alexis).

Donde la mayoría de las novelas se concentran en un único foco a lo largo de la trama, La *chica* y *la noche* ofrece así cuatro interludios que enriquecen la novela al permitir otros puntos de vista narrativos.

Los pasajes narrados por los padres de Thomas son particularmente interesantes: mientras que durante la mayor parte de la novela se les ve a través del prisma de su hijo, distanciado desde hace muchos años, estos pasajes nos permiten descubrir que ambos padres están de hecho dispuestos a hacer cualquier sacrificio por él (la muerte para Annabelle y la cárcel para Richard). Además, sus personalidades no se exploran realmente en profundidad al principio de la novela: Thomas destaca sobre todo la brecha generacional, excavada desde su adolescencia por unos padres que le empujaron a unos estudios que no le gustaban; la narración en primera persona permite una inmersión franca en sus sentimientos.

La narración desde el punto de vista de Fanny también es significativa: proporciona una respuesta inicial al misterio que Thomas intenta resolver (aunque ésta se revelará errónea en los acontecimientos posteriores).

La doble narración 1992/2017 contribuye a dinamizar la historia rompiendo el carácter lineal tradicional de la novela policíaca. Además, los insertos narrativos están narrados en presente, como si el protagonista estuviera contando directamente sus recuerdos a alguien (y en el caso de Fanny, a Thomas, a quien se dirige directamente). Por el contrario, los flashbacks de 1992 narrados por Thomas están en pasado, al igual que la narración de 2017. Estos flashbacks aportan mucho a la narración, ya que permiten acceder a la resolución directa del misterio, a diferencia de algunas novelas en las que el desenlace se explica simplemente mediante diálogos o largas descripciones.

EL TEMA DE LA RELACIÓN: THOMAS Y VINCA

Hasta la publicación de La *muchacha y la noche*, Guillaume Musso era conocido por combinar en sus obras misterio y romance en proporciones más o menos iguales. Esta nueva novela marca un punto de inflexión en los temas abordados por la autora, y la historia de amor desaparece del primer plano.

Sin embargo, en la investigación surge una historia de amor: la relación entre Vinca y Thomas. Esta compleja historia parece ser un camino de ida: los protagonistas están de acuerdo en que Thomas estaba locamente enamorado de Vinca, pero la chica – al parecer – nunca sintió nada el uno por el otro. Aunque las personalidades de los dos adolescentes son opuestas (Thomas es un gran solitario, mientras que Vinca tiene una personalidad alegre que atrae a mucha gente), comparten un amor común por la literatura y mantienen intensas discusiones sobre ella.

Como Fanny y Annabelle han señalado en repetidas ocasiones, Thomas estaba obsesionado con Vinca, y nada más le importaba. Para gran desesperación de su madre, sus resultados escolares incluso se resintieron. Ya adulto y escritor, Thomas publica novelas en las que, a ojos de Stéphane, Vinca es omnipresente. También está dispuesto a arriesgar su vida para averiguar qué le ocurrió a la chica, ya que parece tener una necesidad visceral de resolver el misterio.

Vinca, por su parte, no tiene ningún interés en Thomas, aparte de su pasión por la literatura: sólo le llama cuando le necesita, y no duda – por dinero – en poner en peligro a la familia de su amigo acostándose con su padre y amenazando después a sus padres.

Con los personajes de Thomas y Vinca, Musso toca el tema del amor no correspondido y el impacto a veces dramático que puede tener.

VÍAS DE REFLEXIÓN

ALGUNAS PREGUNTAS PARA SEGUIR REFLEXIONANDO...

- ¿Qué giro de los acontecimientos le ha sorprendido más? ¿Por qué motivos?

- Fanny revela que ha estado enamorada de Thomas desde que era adolescente: ¿detectaste alguna pista de antemano? En caso afirmativo, ¿cuáles?

- En la página 161, Thomas se pregunta: "¿Es Vinca una víctima o un malvado manipulador? ¿Cómo respondería a esta pregunta?

- Basándose en sus propias lecturas de otras novelas de Guillaume Musso, ¿en qué se diferencia La *joven y la noche* de las novelas anteriores del autor?

- Entre los antiguos amigos del instituto (Thomas, Maxime, Stéphane y Fanny), ¿a quién se siente más cercano? ¿Por qué sí o por qué no?

- ¿Entiendes la obsesión de Thomas con Vinca?

- ¿La relación entre Thomas y Vinca le recuerda a alguna otra relación (en la literatura, el cine u otro medio artístico)?

- ¿Cree que esta compleja trama podría adaptarse al cine o la televisión? ¿Cuáles serían las posibles dificultades?

PARA IR MÁS LEJOS

EDICIÓN DE REFERENCIA

La Jeune Fille et la nuit, París, Calmann Levy, 2018, 424 p.

ESTUDIOS COMPARATIVOS

Guillaume Musso encabeza las listas de ventas de novelas francesas por séptimo año, France TV Info, https://culturebox.francetvinfo.fr/livres/guillaume-musso-en-tete-des-ventes-de-romans-en-france-pour-la-septieme-annee-268137, 18 de enero de 2018

GARY N., *Star de l'été, Guillaume Musso compte 1,2 millions de lecteurs depuis janvier*, ActuaLitté, https://www.actualitte.com/article/monde-edition/star-de-l-ete-guillaume-musso-compte-1-2-million-de-lecteurs-depuis-janvier/90547, le 22 août 2018

¡Su opinión nos interesa!
¡Deje un comentario en la pagina web de su librería en línea,
y comparta sus favoritos en las redes sociales!

ResumenExpress.com

www.resumenexpress.com

ISBN ebook: 9782808687225
ISBN papel: 9782808698627
Depósito legal: D/2023/12603/1142

Cubierta: © Primento
Libro realizado por Primento, el socio digital de los editores